死海

李承雨《イ・スンウ》

きむふな 訳

1

妻が家に帰らなかったという事実を、混沌とした夢のなかをさ迷い、ザーと砂嵐の画面になっているテレビの音で目が覚めた午前二時半の心地悪い寝床で認めなければならなかった。私はソファーの上で身をすくめて横になっていて、まだワイシャツにズボンをはいたままで、それはもちろん妻の不在のせいではあったが、それだけで私が妻を待っていたことにはならず、放送時間が終わったテレビの砂嵐の画面は、放置されたことに対する腹いせでもするかのように苛ついていた。妻が家に帰らなかったことを確認したにもかかわらず、大した感情も湧かなかった。ただ、少し疲れただけだった。肉体の疲労がすべてを面倒くさく思わせているのかもしれない。三日間の研修を終えて家に帰ったのは、午前零時頃だった。打ち上げの会食と生ビールを何杯か飲んだ後だった。午前零時に、それも三日ぶりに家に帰ったのに、妻が扉を開けてくれないとは予想していなかった。何度か呼び鈴を鳴らした後、鍵を開けて家のなかに入った。寝入ってしまっているのかもしれないと思ったが、寝室にも妻の姿はなかった。私はリビングのソファーに崩れるように座り込んだ。そして、その日の最後の深夜ニュースを見ていて、いつの間にか寝てしまったようだ。何のニュースを見ていたのか思い出せないのは、座ってすぐに寝入ってしまったからだろう。私は砂嵐の画面になっているテレビを消して、ワイシャツとズボンを脱ぎ、洗面所に行き顔と足を適当に洗った。体がだるくて、頭はくらくらした。疲れた、と私はつぶやいた。これからはもっと疲れる日々の連続だろう。だから、寝ておかなきゃ。ベッドに入りながら、私はまたつぶやいた。

しかし、そんな気持ちに反して、一度目が覚めてしまうとなかなか眠ることができなかった。体は疲れていて、気持ちは寝たいと願っていても、望み通りにはならなかった。頭が朦朧としなければならないはずなのに、そうはならなかった。瞬間、感覚のある部分が鋭くなり、意識の弱いところを刺した。遺書を書いてください。かすれた声が耳の奥を打った。寂しくて陰惨な、この世には属してない声のようだった。私はつい耳を塞いで体をすくめた。そういえば、研修会場でも同じことをしたような気がした。新しい職場は私に心を開かなかった。心を開いていないのは私も同じだった。しかし、私が心を開いていないことと会社が私に心を開かないことは、次元が異なる問題だった。会社は私のことを探っている最中だった。それで、会社は私に心を開くことなく、また、私は探られているので、会社に心を開くことができなかった。新しく見つけた職場が気に入ったかどうかは、少なくとも現時点では問題にならなかった。私はふたたび職場を失いたくなかった。「必死にならなければなりません。皆さんもこの歳まで生きてきたので経験されたと思いますが、世の中は決して甘くはありません。私たちが死ぬ覚悟で生きていかなければならないのは、死ぬ覚悟なしでは世の中を生きていくことができなくなったからです。私たちが生きている世界はのんびりとした散歩道ではなく、生きるか死ぬかといった命がけの戦場です。生きようとする者は死に、死のうとする者は生きるという言葉があります。今、私が皆さんに遺書を書くようにと言ったのは、死ねというのではなく、死ぬ覚悟で生きてほしいからです。おわかりですね」と、研修の講師は、予備役訓練の時にいる精神教育の教官のように熱弁をふるった。研修会場は、予備役訓練の場にいるような気分だった。いや、必ずしもそうでもなかった。拒むことのできない何らかの力によって強要されているようで、喉が絞めつけられるように窮屈だった。同じではないが、受け入れがたい教義を強いる宗教団体の集会に動員されているような気もした。机の上に遺書を書く白紙が置かれた。五十分の時間が与えられた。書くことがない人にはあまりにも長い時間で、書くことのある人にも決して短い時間ではなかった。私は周囲を見回した。参加者は皆、机の上に頭を垂れていた。そして何人かは、瞑想でもするかのように目を閉じていた。紙の上部に遺書、と大きな字を書く人が見えた。その大きな字が白い紙を圧倒し、その字を書いた人を圧倒し、それを見ていた私を圧倒し、二百個以上の椅子が置かれた会場を圧倒した。その二百人中の一人である私は、自分の呼吸が速くなるのを感じざるを得なかった。これまで遺書を書いたことはなかった。そもそも遺書を書いておきながら生きていく人はどれほどいるだろう。遺書どころか日記を書いたのがいつだったかもわからない。死を考えずに生きてきたからと決めつめる講師の見解は不当だ。死を考える余裕さえない場合もあるはずだ。人生があまりにも重いと、どのような死の理由も相対的に軽いはずで、どうしても生を背負うことができないものだ。私は少し悲観的になってしまった。私は私をにらんでいる白紙をにらみかえし、そっと目をそらした。そうしているうちに時間が経ち、約二百人は何かを書くために机から頭を上げなかった。何度も席を立ってしまいたいのを精一杯耐えていた。私が最も我慢できないのは、何かを強いられるような気分を植えつけるその雰囲気だった。しかし、振り返ってみれば、そんな状態をこれまで耐えてこなかったわけでもない。これは私が、世渡りがうまくない理由でもあった。手を後ろで組んで机の間を行き来しながら会場の遺書を見ていた講師が、カンニングはしないでくださいね、としゃれた冗談でも言ったように大声で笑ったが、一緒に笑う人はいなかった。会場の雰囲気は墓のなかのように重くなっていた。すでに土を被っているような雰囲気ではないか、と私は心のなかでつぶやいた。そのつぶやきが外に漏れたのか、隣に座っている禿げの男がちらっと私の方を見ては、本当に自分のものが写されるとでも思ったのか、手を広げて自分の遺書を隠した。「なぜ書いていないんですか？」。講師が、私の顔と白紙を交互に見ながら問いかけた。「遺書など書いたことがなくて、どう書けばいいのかわかりません」。私はその答えが適切だとは思わなかった。しかし、それは本当だったので、講師が不愉快にならないことを願った。私が言いたかったのは、遺書など書いたことのない人のために、一定の様式が与えられるべきであり、そういうものがあれば教えてほしいという注文だった。講師がそうした見本を示さなかったのは、私の意中を探ることができなかったり、私を無視したからではなく、彼自身もそうしたものを持っていなかったからだろう。しかし、そうではないかもしれない。彼は私が、こんなものを書かなければならない理由がどこにあるのか、と質していると受けとめたかもしれないし、だとすれば彼は、私自身も意識していなかった私の本音をわりと正確に見抜いたことになる。講師は、皆さんも書いたことはないのです、と多少ぶっきらぼうに答えた。それでも皆、不平も言わずにちゃんと書いているではないか、と彼の表情が語っていた。私は依然として何も書かずにいた。会場を一周してきた講師が、相変わらず白紙のままの私の紙をじっと見つめていた。そうではないかもしれないが、私は講師が顔をしかめたと思った。一人の不誠実な研修生も許しがたいことだろう。一人の不敬な信徒も許しがたいのだろう、と私は思った。何らかの叱責が伴うのは当然のことだ、と思った。しかし、彼は何もせずに前の方へ歩いていった。まだ死ぬ準備ができていない人もいるようですね、と彼は言い何かを付け加えようとしたが、口をつぐんでしまった。五十分が経ち、結局、私は遺書を書くことができなかった。

そして今、その課題が私の寝床まで追いかけてきて睡眠を奪っていく。遺書を書いてください……。目を閉じると二筋、三筋にも引き裂かれたような、彼のひび割れた声が繰り返し聞こえてきた。死ぬ覚悟で生きるための遺書を書くようにと言われたが、これじゃ遺書を書くことで死ぬこともありうるな、と思った。そして、もしかしたらそれが理にかなうことかもしれない。遺書を書くのは死の予備段階で、死に積極的に参加する動作ではないか。遺書を書く人は、すでに死を抱きかかえているのだと言えるだろう。死は私たちの意志とは関係なく一方的に訪れ、ならばどうすることもできないその死に対して、わずかだが積極性を与える過程とも言える。死に対して我々に可能な積極性とは、自殺でないとしたら、せいぜい遺書を書くことだ。遺書を書くのは、それを書く人の内面に死を決行するのと似たような儀式を作り出し、それによって自殺を仮想的に実践するのと同じ心理状態に陥らせる。これが、死に親しむための霊長類の処世術でなくて何だと言えようか。人間にだけこのような世渡り術が必要だというのは、人間だけが死を恐れている証である。偽りと迷いが点在している霊長類の一生のなかで、遺書を書く瞬間が最も真実だという、あるいはその瞬間だけが真実だというのは、おそらく偽りや迷いではないだろう。偽りと迷いの泥沼からはじめて足を抜こうとする瞬間ではないだろうか。そして……だとすれば……遺書を書くことに私が応えることができなかったのは、まだ真実を行う準備ができていないからか、その瞬間の真実に耐える心の準備が整っていないためかもしれない。強要されるのが嫌だからと言い張っても、その意味は変わらない。心の中に薄い氷が張ったように胸が塞がる。白く凍りついた窓ガラスを拭くように、胸をなで下ろした。何も明らかにはならない。それにしても、妻は一体どこに行ってしまったのだろう。私は携帯に電話をかけてみようとして、やめてしまった。

2

死海だ。エン・ゲディ・スパ。あらゆる病気に利くという最高の硫黄温泉があるんだ。荒涼とした広野の真ん中に、どくどくとこんなに湧き出る温泉があるなんて、不思議だろう？あれ、何だっけな、「バグダッド・カフェ」とかいう映画の舞台を思い出すよ。世界各地から人が集まって来るそうだ。金を持ってる欧米の年寄りたちが贅肉を垂らしてうろついているのは、ちょっとみっともないけど、考えてみればあの人たちこそ、ここ死海や硫黄温泉の効果を肉体を以て宣伝しているんだもんな。俺も、たった今海に入ってたんだ。お前、海の上にぷかぷか浮いて新聞読んでるような写真、見たことあるだろう？　俺もそれをやってみたんだよ。本当に体がぷかぷかと浮くんだよ。俺が泳げないの知ってるだろう？　知らなかったっけ？　とにかく、俺は泳げないんだ。なのに、体が自然に浮かぶんだ、不思議だろう？　だけど、ここの硫黄の臭いは本当にすごい……。午前十時に電話をかけてきた黄《ファン》は、一方的に話し続けた。会議が終わり、取引先の人との打ち合わせが始まる直前だった。会議の雰囲気は高圧的で、気が滅入っていた。会議が終わると、私は係長に呼ばれた。新しい職場での事実上初めての仕事だった。それに係長が同行することになっていた。同行するとは言うが、私には私の仕事ぶりを確認するという意味に聞こえた。私はまだ、探られているのであった。そんな理由もあって、私は長電話をしている場合ではなかった。しかし黄の話は終わる気配がなかった。私は携帯を耳に当てたまま、中腰になって係長の方を見た。彼は書類をまとめてカバンに入れていた。私も黄の話に上の空で答えながら、片手で書類をまとめた。今、ちょっと忙しいんだ。後で電話していいかな……。係長が席を立つのを確認した私は、低い声で言った。そう、忙しいんだ。それはいいことだ。実は俺もそうだ。一時間後にはナハル・デイビッドに会わなきゃならないし。誰かって？　エン・ゲディ・スパの責任者だ。俺が話しただろう？　死海の泥、これが実にすばらしいって。これを塗れば肌の角質が薄くなり、疲れた肌も柔らかくなるだけでなく、そばかすにしみ、にきび、くすみまでもがきれいに無くなるんだ。クレオパトラが美容のため定期的にここの泥を運ばせたって話、お前も聞いたことあるだろう？　これを持って行って化粧品を作ると言ってた計画、覚えてるだろう？　ホラだと思ってたんじゃないよな？　うまく行ってるよ。ここに来て泥パックをしないで帰るのは、まさに慶州《キョンジュ》に行って石窟庵を観ないで帰るのと同じだ。イスラエルと言えば死海、死海と言えば泥パックだから……。彼はこちらの都合など全く気にもとめなかった。そもそもこちらの都合がわかるようなものではないが。私は黄が簡単には電話を切ってくれないことがわかった。私が聞いてもいないのに、まるでまじめな反応を得られたかのように、誰かって？　と問い返したり、薬売りのように死海の泥の宣伝に熱を上げていることからも、すぐに見当がついた。死海の泥を持ってきて化粧品を作るという彼の事業計画は、聞いたことがあるようで、ないようでもあった。たぶん聞いていたのだろう。しかし、もしかしたら聞いていないのかもしれない。関心がなかったというのがもっと正直な答えではないだろうか。確かなのは、彼は簡単に電話を切るつもりがなく、私は彼の長話を聞いてやる時間がないということだった。だとすれば、こちらから電話を切るしかなかった。係長がドアの前に立って、私の方を見ていた。俺、これから出かけなければならないんだ。後で連絡する。電話切るよ。私は携帯の電源を切った。係長は私が携帯をポケットに入れるのを確認して、先に事務室を出た。「だれ？　朝からけっこう真剣に見えたけど……」。エレベーターが動きだすと、壁に貼ってある鏡を通して目を合わせながら、係長が聞いた。「友達です。

死海だそうで」。私は後頭部を掻いた。なぜかばつの悪い気がした。私は自分の答えになぜばつが悪いのか、すぐにはわからなかった。死海なら、イスラエル？　と係長が聞いたので、私はそうだと答えた。エレベーターがゆっくり動きだし、三階で二人が乗り込んで来た。しばらく黙っていた彼が、また聞いた。「死の海というところじゃない？」。私は、ええ、ま、そうですね、と言葉を濁した。黄に聞いた泥パックの話をしようかと思ったが、やめた。真新しい話でもないと思ったからで、化粧品事業という彼の計画に対する半信半疑も働いた。

死海を死の海だというけど、それは何も知らないからだ。もらうばかりで与えることを知らない海だというのも無知な人の話。こちらの人たち、ここでどれだけ金を稼いでいるのか知ってるか？　観光収入は当たり前で、化粧品に石鹸、農薬、肥料、ペンキ……こんなものを作るのに必要な物質が死海の海底にあるんだ。これから千年は使えるものすごい量だそうだ。鉱物質を抽出する工場が死海の周辺にたくさんあるのも、そんな理由からだ……。午後三時頃、会社でふたたび黄の電話を受け取った。私が携帯の電源を切っておいた昼の間、彼はずっと電話をかけてきたようだった。彼はそう言わなかったが、本当に忙しいようだな、という彼の言葉から想像がついた。わざと電話に出なかったと疑っているのかもしれない。それが事実だとしても、彼にそう疑われたくはなかった。私は、忙しくて電源を入れておく時間がなかったと急いで言った。全くの嘘ではなかったが、全くの事実でもなかった。私は携帯の音量を落として、声も落とした。仕事はうまく行っている。午前中に電話したとき、ナハル・デイビッドに会うと言っただろう？　エン・ゲディ・スパの責任者のことだ。契約に成功したよ。五年間の独占使用権を得たんだ。死海の温泉と泥パック観光事業にも持ち分を得て参加することになったんだ。こっちの人たち、外部との取引には全く積極的ではないんだけど、俺は運がよかった。十年前からヘブライ大学で教えている叔父のおかげだった。俺が始めようとする事業についてうまく紹介してくれたんだ。今、投資家を集めているんだ。やあ、不景気に外貨危機と言われているけど、持っている人は多いんだね。韓国にいるスタッフが毎日報告してくるんだけど、説明会を開いたら投資家たちが押し寄せてきて大変なんだそうだ。最近は信頼できる投資先を見つけるのが難しいからね。とにかく詳しい話は帰国してからにして、お前も何も考えないで俺を信じて投資しな。今日が締め切りだけど、お前には知らせなきゃと思って電話したんだ。お前に知らせなきゃ友達じゃないもんな。まず、一千万ウォンを入れとけ。銀行が閉まる前に。後の事務的な処理は俺に任せて……。黄の声はいつものように大きくて早かった。

　私は彼の話を聞きながら、死海は今何時だろうかと考えていた。用意周到だった人間が弱みを見せているのではないか。それは彼が軽率だったというより、そのぶん私が彼に慣れてきたという証拠でもあった。でなければ、私が彼を受け止めるような余裕を失くしたと言えようか。もう彼は私を騙すことができないだろう。私はプライドの代わりに悲しみのようなものを感じた。彼と私は同じ高校に通った。彼は、私なんかより勉強ができなければ入れないような大学に入り、軍隊から戻った後は、卒業一年前から卒業後の三年間を司法試験のためについやした。試験をあきらめて投資会社に入って二年間勤めた。私のいくらかの金額を含めて顧客に損害を与え、退社してからは五里霧中の年月を送った。あれやこれやに手をつけ、何らかの事業を始めたりしたが、何一つうまくいかなかった。ブローカーになったのは確かだったが、私はそれを後々まで認めようとしなかった。午前中に死海にいると電話をかけてきたとき、彼の並べ立てる話はそれなりにもっともらしくて、彼に抱いていた先入観にもかかわらず、私はもしかしたらという期待を捨てられずにいた。係長の前でばつが悪かったのは、そうした私の半信半疑の現われだったのだろう。彼は十時にかけてきた電話の時、話しながら「午前中」と言った。私に配慮してソウルの時間を基準に話すこともできるが、それが常識とは言えない。私は机の上のパソコンで世界の時間を検索してみた。エルサレムは世界標準時間より二時間早く、ソウルは九時間早い。エルサレムはソウルより七時間遅いことを意味する。だとすれば、私が午前十時に受け取った電話は彼が午前三時にかけたことになる。午前三時頃、彼は死海の海にぷかぷかと浮いていて、午前四時にはエン・ゲディ・スパの責任者と会うと言ったことになる。力が抜ける感じだった。意志も魂もなく、体だけが海の上に浮いている状態がこうだろうか。どういう連想からか、どこに行ったかわからない妻の無表情な顔が浮かんできた。気の毒な人間は一人や二人ではないだろう。生きることとは一体何だろう。

死海で溺死する方法ってあるだろうか？　出し抜けに私の口からそんな疑問が出た。もしかしたら、彼を非難したい心の奥の欲求が、そんな疑問になって出てきたのかもしれない。海で溺れ死ぬように、とは言わなかったが、私は赤面した。電話機の向こうで黄がしばらく黙っていた。私の疑問の本意を探ろうとしているようでもあった。そうだな、死海の水が人間の体を浮かせるからね。塩分の量が普通の海の四倍もある。しかし、研究してみれば沈む方法がなくはないだろう。彼は案外まじめに答えた。私の突拍子もない疑問に本気で答えていることを、そんなふうに表したのかもしれないが、そもそも私の疑問はまじめなものではなかった。私は彼のまじめな反応が却って滑稽に思えた。私は、彼がやろうとする事業がどんなものであれ、投資する余裕はないと答えた。七年間勤めていた会社が倒産し、仕事を失ったことを、彼も知っていた。失業後に転々とした不安定な仕事についても同じである。いや、もしかして知らないかもしれない。私は話した覚えがあるが、彼は聞いた覚えがないかもしれない。彼は人の話に耳を傾けるようなタイプではなかった。話すことが多い人は、他の人の話に耳を傾けるのが難しいものだ。私はそうした話をしようかと思ったが、そんな自分が卑小なものに思われて止めた。彼が銀行の口座番号を言った。私は机の上のメモ用紙に、無意識にその番号を書きとめた。

3

妻は帰って来なかった。二日目だったが、確かなことではない。三泊四日で研修所に入っていたことを考えると、妻が何日間家を空けたのかは定かでない。長ければ五日間だ。二日であれ五日であれかまわないと思ってはみたものの、二日間ならいざ知らず、五日間とは度が過ぎるじゃないか、という気持ちにもなった。そんな自分に向かって、何が度が過ぎるんだ、と反発するような声が聞こえる。それもやはり私の声だ。いつからか、妻と私の間には不干渉の原則が存在していた。相手のプライバシーに対する配慮の気持ちからではなく、自分の領域を乱されないがためのエゴに基づいた不干渉主義だった。空回りする最小限の会話、相手に対する最小限の義務と役割、そして限りない沈黙と無関心。私たちはほとんど互いが存在しないように存在していた。彼女は私が隣にいないかのようにリビングを行き来し、私は彼女が行き来していることを意識しないかのようにソファーに座っていた。時にはいっそのこと妻がいなくなったら、と思う気持ちもあった。それは妻も同じだろうと思った。もちろん妻を追い出したり、自分が出て行く気はなかった。直接、害を与えたりはしないといった気持ちは、実は大して巧妙でもない偽装術だった。それは自己中心や優柔不断の現われか、惰性の証だった。相手を単なる物か、それに近い存在として認識することさえできれば、空間を共有して暮らすのはさほど難しいことではなくなる。もちろん、相手が事物と化すまでの過程はたやすいものではないが。二日であれ五日であれかまわないという気持ちの根底には、そんな理由があった。ところが、二日間ならいざ知らず、五日間なら度が過ぎるじゃないか、という反対側の声が聞こえたのには、少々困惑してしまった。しかし、私はそれもやはり最小限の義務感に過ぎないことだと、すぐに気持ちを変えた。それによってはじめて妻の不在を実感することができた。それだけの義務を感じるのは不思議なことでも困ったことでもないと、自分自身を説得しなければならなかった。

　しぶしぶ体を動かし、妻の携帯に電話をかけた。呼び出し音が近くで聞えた。寝室のどこかで妻の携帯が鳴っていた。携帯も持たずに行ったのか。私は自分の携帯を切って目を閉じた。しかし、なかなか眠りにつくことができなかった。死海で溺死する方法はあるだろうか？　水の中に頭を突っ込んで叫ぶような不正確で不明瞭な唸りが、どこからか聞えてきた。質問をしているのが私なのか、黄なのか、妻なのかが分からない。ふと、黄は本当に死海に行っているのかもしれないと思った。行ったことがないのでわからないが、明け方に海の上に浮かんでいてはいけないことはないだろう。午前四時に人に会ってはいけないということもない。彼が死海に行っているのが事実であれば、ひょっとしてそこで死ぬ気だろうか。その疑問が死海で溺死する方法はあるだろうか、といった問いにつながった。しかし……いやいやと私は首を振った。それ以上は想像できなかった。そんなはずはない。黄と死を結びつけるのはどうしても困難だった。私の知っている限り、彼は自ら命を絶つような人物ではなかった。死ぬ覚悟をした人間が、金を送るよう銀行の口座番号を知らせるはずもない。しかし、もしも妻だったら？　引っ込んでいた考えがふたたび動きだした。いろんな面で妻と黄は違っていた。彼女が死ぬ覚悟で家を出て、たとえば死海に行ったという想像は、あまりにも突飛で根拠のないことではあるが、自然に人を緊張させる力を持っているのも事実だ。私は携帯の再発信ボタンを押した。妻の携帯はドレッサーの方で鳴っていた。ドレッサーの上と横には、ふだん妻が使ういろんな物が置かれていた。包装されたままのストッキングとハンカチ、納税通知書などが挟まれている手帳や目覚まし時計、十字架がついたネックレス、毎日一ページずつ読むように編集されている月刊誌も目についた。携帯電話は手帳とハンカチの間にあった。私は妻の携帯を取って、液晶画面に映っている文字を確認した。〝不在電話が四件あります〟。妻が家を出たあとかかってきた電話が三本しかないというのは、妻の消極的な人間関係から考えても少ない数字だった。そして、そのうち二本は私からの電話だった。妻が家を出て、それほど長くないことを示していると私は解釈した。バッテリーの量がまだ残っているのも、そうした判断を裏付けた。よかった、と思う自分の気持ちをそのまま受け止めるのが難しくて、私は携帯を置いてそこを離れた。内心、最小限の義務は果たしたという安堵感を覚えたような気もした。しかし、その時、ある力が私の襟首を密かに引っ張っている気がした。これは何だ？　それが何かはわからないが、ただ無視してしまうにはどこか釈然としない力に引きずられ、私はふたたび妻のドレッサーに戻って携帯を手に取った。しかし、携帯ではなかった。私を振り向かせ、その場に戻らせた力は、妻の携帯から発せられたものではなかった。なんだろう？　私は周囲を見回すというより、頭のなかに映写される絵を見回す気持ちで、しかし実際には映写されないその絵を無理に解釈しようとそうつぶやいた。偶然のようにある文字が視線をかすめた。手帳のなかに一枚のカードが挟んであった。〝イム・ボクスン様の六十七回目のお誕生日をお祝い申し上げます〟。イム・ボクスンは母の名前だった。これは何だ？　私はうろたえたまま、バースデーカードの裏表を調べてみた。送ったのは街のデパートだった。日付を確認してみた。生きていれば、六十七になる誕生日の前日だった。そうだった。母はすでにこの世にいなかった。亡くなって一年以上も経つ人の命日ではなく、誕生祝いに届いたカードを、どのように受け止めればいいのかわからなかった。気持ちが微妙に乱れた。私にとって母はこの世の人ではないが、母はまだ生きていてバースデーカードを受け取っている。少なくともあるシステムのなかで、母はまだ生きているのだ。母の名前が記録され、流通し、配達されていた。もちろん、デパートの事務的なミスであろう。しかし、よりによってなぜそんなミスが母に起きたのか。

生前、母は私から一枚のバースデーカードも受け取っていない。私はほとんど母の誕生日さえ覚えていなかった。とっくに過ぎたあとに思い出したり、だいぶ先なのに急に思い出したりした。次の年の誕生日は忘れないようにしようと、心に決めたこともたまにはあった。しかし、私がそのために何かをした覚えはない。私は母にやさしくなかった。母の誕生日を覚えているのは妻だった。彼女は前日に母のところに行って、誕生日の朝はワカメのスープを作ってあげた。妻は姑である母と、一夜を共に過ごして帰って来た。妻が私に一緒に行くことを求め、新婚当初は一回か二回、たぶん休みの日に当たった時、一緒に母のところに行った。居心地の悪かった記憶しかない。妻は自然だったが、私は不自然だった。妻は娘のように振る舞い、私は客のように振る舞った。母も妻には娘のように接し、私には気難しいお客のように接した。「あの子ったら、幼い頃から一緒に暮らしてないからああなんだ」。母は嫁の前で言い訳でもするように、私たち親子の不自然な関係について語った。母も長い間、一人で暮らしてきた。だから、それは母自身に対する言い訳でもあっただろう。同じ屋根の下で体をぶつけ合いながら過ごした経験がなければ、母と息子であっても身体が拒否反応を起こした。身体は情緒であり生理である。私は幼い頃、母と同じ部屋で寝たことがなかったので、大人になってもそれができなかった。母にとっては悔恨であり、私にとっては痛恨である。父が亡くなった時、私はまだ二歳で、古い考えの父方の親族は、嫁を迎え入れたのが間違いで息子が急死したと主張し、一人息子である私を奪い、母を実家に追い帰した。その息子は大学生になって、やっと母と再会した。血の繋がりは偉大だったが、筋肉の記憶の手助けなしでは身体的な親しみは生まれなかった。寝るとき、妻は当然のように母の部屋に自分の布団を敷いた。そんな妻が不思議で理解できなかった。私は隣の部屋で、居心地の悪い気持ちを反芻するしかなかった。そんな夜、母は妻にちゃんと子供を作るよう勧めたことを私は知っている。妻も子供をほしがっていた。しかし、子供ができにくい体であることがわかったのは、結婚して二年も経っていない時だった。妻は驚き、うろたえた。しかし、私はさほど寂しくなかった。だから、妻との味気ない関係がそのせいだと思われるのは誤解である。

母にバースデーカードを贈ったのは妻ではなかろうか。断定はできない。しかし、デパートで買い物をした際に母の誕生日を記入したのかもしれない。それによって、デパートから毎年、母宛てのバースデーカードが届くようにした可能性は大いにあった。

4

母が亡くなったという知らせを受けたのは、飲み屋が軒を連ねている路地のラブホテルであった。夜九時四十分、私はシャワーを浴びてベッドの上でタバコを吸っていて、テレビはスポーツニュースを流し、浴室では女がシャワーを浴びていた。携帯に電話をかけてきたのが妻であることを確認しただけで、私は電話に出なかった。しかし、電話は繰り返しかかってきた。私は女の前で妻の電話に出たくなかった。返答に困るということもあったが、女が嫌がると思ったからだ。実際に、女が嫌がったかどうかはわからない。女と一緒にいるとき、妻から電話がかかってきたことは一度もなかったからだ。それに気づくと、鳴り続けている電話が気になってしまった。妻は何かがなければ、こんなにしつこく電話をかけ続けるような人間ではない、という考えが私を動かした。今、どこなの？　と妻が聞いた。私はその問いかけが気に入らなかったが、慌てているような彼女の声のせいで、自分の気持ちを表さなかった。「早く帰って、お母さんが亡くなられたの！」。実感がわかなかった。母が亡くなるかもしれないということを、なぜ一度も考えたことがなかったのだろう。それは私が母の人生に関わっていないか、その係わりの度合いがあまりにも微々たるものだという証だろうか。生きていることを気にかける者が、死ぬことも気にかけるものだ。その生に関わってこなかったので、その死も念頭になかったというべきだろうか。私は何も言えなかった。バスタオルで体を拭きながら裸で出てきた女が、呆然としている私に声をかけた。だれ？　私はすぐに返事ができなかった。私は話すべきかどうか、判断がつかなかった。あるがままに話す気にもならなかった。妻ではない女といるラブホテルのベッドの上で、母親の訃報を聞いた一人息子の姿はあまりにも無様なものだった。私は後ろめたかった。「どうしたの？気が抜けた人みたいだわ」。女が裸のまま私にしがみついた。やわらかくて大きな胸が私の顔を押した。自然に興奮する自分の体がほろ苦く、寂しさを感じた。しかし、寂しさと興奮は別物なのだ。心は心で、身体は身体なのだ。心が身体に反応する大きさは、身体が心に働く大きさを超えられなかった。心は身体についているが、身体は意志に勝てなかった。気が抜けた人みたいだと？　私はまるでその言葉が、ただそれだけは許せない侮辱でもあるかのように、そうでないことを証明してみせるかのように、荒い息で女に飛びついた。どうしたの、急に乱暴になって、と女が声を出して笑った。その笑い声が、私をあざ笑い非難しているように聞こえた。私は女の胸に噛みつき尻を平手打ちにした。そして悪態をついた。畜生、くそったれ、ああ、最低……なんで死んだんだ。だれが死ねと言った……。女が悲鳴を上げた。「どうしたの？　今日、おかしいわよ！」。私の目から涙があふれた。私は心から恥じていた。恥ずかしさのあまり、母親が亡くなったということが言えなかった。

母は遺書を残さなかった。市場からの買い物の帰りに、突然倒れたそうだ。隣人たちが病院に運んだが、母の意識は戻らなかった。倒れたとき公衆電話ボックスに頭をぶつけたのが災いとなった。大変なことが起きたのに、隣人の誰一人、どこに連絡をすればいいのかがわからなかった。ふだん、母は息子について話したことがなかったのだ。親しくしていた隣の男がドアを壊して母の家に入り、あちこち探した末に、母の寝室で息子の名前と住所、電話番号が書いてある紙を見つけたのだ。〝この年寄りに何かがあったら、この住所にご連絡をお願いします。私のたった一人の息子です……〟。くねくねした大きな字であった。隣人が書かれたところに電話をかけ、母が死んだことを知らせてくれた。

私は、母が安置された病院の霊安室で、私の名前と住所と電話番号が書かれたその紙を、隣人から渡された。四角い封筒だった。中身はなかった。母の名前と住所が大きな字で宛先に書かれていて、差出人には私の名前と住所、電話番号が書いてあった。私はすぐに妻の字であることがわかった。妻は、差出人を私の名前にしたクリスマスカードやバースデーカードを贈っていたのだ。封筒を渡す隣人の硬い表情から、私は言葉のない叱責と非難を読み取った。私は、彼がもっと叱責し非難するよう、何の言い訳もしなかった。母は遺書を書かなかった。いや、そうとも言えない。母が毎晩、枕元に置いて寝たはずのその紙に書かれた、〝この年寄りに何かがあったら、この住所にご連絡をお願いします。私のたった一人の息子です〟。これこそ遺書でなくてなんだろうか。今になって、やっと気づいた。私を苦しめたのは母の死ではなく、母の遺書だったのだ。母の傍でその最期を見届けるのではなく、とんでもない場所でとんでもない人と一緒だったことも、母の遺書ほどには私を苦しめなかった。ご飯を食べたり道を歩く時、人の話を聞いたりテレビを見ている時、バスのなかで揺れたりコンビニでタバコを買う時、さらには寝る時にも、その文字が浮かんできた。この年寄りに何かがあったら……。それが思い浮かぶと、目の前が遠くなって、しばらく真空状態の中をさまよわなければならなかった。

そういえば、妻がどこに行っているのかわかる気がしてきた。母が亡くなった後、その家は空き家になっていた。売りには出したが、壊れそうな田舎の家をほしがる人はいなかった。母が生きていた時と同じように、妻は母の家に行っているのだろう。母が生きていた時と同じように、母の部屋で布団を敷いて寝て、朝はワカメスープを作ったのだろう。私にそうであったように、彼女は母にも義務を尽くす人だった。何かのミスであれ、すでに故人になった母の誕生を祝うカードが届いたとき、習慣のように起こるその義務感から目をそらすのが困難だったのだろう。私は妻の携帯をとって、私の携帯に電話をかけた。呼び出し音が鳴った。妻が私に連絡をとっているような感じがして、なぜか気持ちが落ち着いた。私は呼び出し音が鳴りやむまで、そのままにしておいた。

5

黄から再度電話がかかってきたのは、次の日の午後だった。彼はまだ死海にいると言った。私はそこの天気を尋ねた。少し曇っていると黄が答えた。私は窓の外に目をやった。どんよりと雲がかかっていた。今にも雨が降りそうだった。彼は、私が送金していないことを指摘した。私はうっかりしたと答えた。半分は真実で、半分は嘘だった。彼は自分が始めようとする事業について、ふたたび長々と話した。一生に一度あるかどうかといった、大変なチャンスだと大風呂敷を広げた。それは彼にだけでなく、私にとっても同じことだと言った。投資するチャンスを逃すと、後で後悔することになるとも言った。ほとんどがすでに聞いた話だった。私は退屈な彼の話を最後まで聞いてやりながら、今彼はどこにいるのだろうと考えた。「送金は今日までなんだけどな。じゃなければ……」。私はわかったと答え、しかしそれほどの大金はないと付け加えた。それはすべて事実だった。彼はちょっとの間、話すのを休み、大変残念だという言い方で、本当にいいチャンスなのにな、逃したら後悔するんだけどな、どうするんだ、と独り言のように述べ立てた。そして不自然なため息をもらした後、ま、仕方ないな、こんなときのために友達がいるもんだ、足りない金額は俺が埋めとくから、ある分だけ送れよ。できるだけ早く、わかったな？　施しでもするかのように言い立てた。私は笑いながら、そうすると答えた。「あ、それから昨日お前が聞いたことについて考えてみたんだが……」。私は彼に何を聞いたのか思い出せなくて黙っていた。死海で溺死する方法のことだ、と彼は私が思い出すのを手伝ってくれた。「考えてみたんだけど、死海で溺死する方法はなさそうだ。死海ではただ浮いているしかない」。笑い返そうとしたものが消えてしまった。つまらない冗談のようでもあり、深刻な格言のようでもあった。考えた末の言葉のようでもあり、ただ思いついたことをぽんと吐き出したようでもあった。真意を突き止めようと思案しているのに、雨が降りはじめた、と黄が言った。ふと私も窓の外を見た。窓ガラスに細い雨脚が斜めに流れていた。彼は思ったよりずっと近くにいるのかもしれない。彼はもう一度、送金するよう念を押して、電話を切った。私はその場で、テレフォンバンクから三十万ウォンを送金した。もうしばらく、彼から電話がかかってくることはないだろう。不思議にも気持ちが楽になった。こんな状態なら、遺書を書くのもさほど問題はなさそうな気がした。私は紙を一枚出して机の上においた。そしてしばらく閉じていた目を開けて、書き始めた。私に何かがあったら、下記の住所に連絡をお願いいたします……。私は妻の携帯に電話をかけた。彼女が電話に出たら、ぜひ一緒に死海に行きたいと言うつもりだ。

著者

李承雨（イ・スンウ）

1960年、全羅南道生まれ。ソウル神学大学神学科卒業。朝鮮大学教授。81年、中編小説『エリュシクトンの肖像』を発表しデビュー。人間と宗教への根本的な問いや、また〈不在の父〉を主題とする作品などで大きな注目を浴びる。主要作品に『迷宮についての推測』『植物たちの私生活』『僕はとても長生きするだろう』『懐かしい日記』『私の中に、また何があるのか』『生の裏面』『人は自分の家に何があるのかをしらない』『尋ね人広告』など。大山文学賞、東西文学賞、現代文学賞を受賞。邦訳に「ナイフ」。

訳者

きむふな

本名・金壎我。1963年生まれ。韓国・誠信女子大学大学院修了後、国際交流員として島根県庁総務部国際課勤務。専修大学大学院日本語日本文学専攻修了（文学博士）。現在、立教女学院非常勤講師。日韓文学シンポジウム、第一回東アジア文学フォーラムの通訳などを担当。著書『在日朝鮮人女性文学論』（作品社）、訳書に『愛のあとにくるもの』（幻冬舎）、『山のある家、井戸のある家』（集英社）ほか、韓国語訳書に『笑いオオカミ』（津島佑子、第1回板雨翻訳賞受賞）など。

作品名　死海

著　者　李承雨 ©

訳　者　きむふな ©

*『いまは静かな時—韓国現代文学選集—』収録作品

『いまは静かな時—韓国現代文学選集—』
2010年11月25日発行
編集：東アジア文学フォーラム日本委員会
発行：株式会社トランスビュー　東京都中央区日本橋浜町 2-10-1
TEL. 03(3664)7334　http://www.transview.co.jp